lux
poetica
❹

蔦の城

大島静流

思潮社

目次

装画＝来田広大《Crawl #1》2022
装幀＝戸塚泰雄

蔦の城

落ちる

わたしの不在がもたらすものについて
思いを馳せる日
予想もしなかった人の憂いを知り
予想通りの人の
思ってもみない不安を知る時間
はす向かいの工事現場
十階かそこらの高さに人影をあおぎ見る
たった一本の長いワイヤにくくられて
資材が次々に地上に降ろされていく

小さな一室に缶詰のわたしも
あんな風に放られてみたいと思う
わたしの知らない合図によって
作業はとどこおりなく進められ
しめった空気の中に
張りのある声がよく響いた
なすべきことも
なすべきでないことも
一か所にまとめられたこの部屋で
わたしは時計を見てもなお
なすべきことの前に戻ることができない
羽虫を追い出すために開け放った窓の前
ちょうどその時降ろされた資材は
仮囲いに何度もぶつかって
痛々しい大きな音をたてた

メタセコイア

用心ぶかい衛生兵の中指
打たれたのが鋲でなければ何かと考えていた
睡魔は連れ合いばかりを誘惑して
汚れ　というより
半ば諦めに似た
遠慮がちなくすみを通して
車窓はいかにも誠実な
映写機であり続ける
残されているものは

名札でしかない
がらんどうの生命に
かろうじて注ぎ足されたものは
了知の意味で渡された
感傷の口づけにすぎなかったか
木立の名が相応しい
垂直の巨人がはるか見下ろす
陸橋の欄干にだけ
確信とよべるものは
退屈そうに腰かけている

ビオトープの午後

日射しの全くない
ビオトープの午後
雪雲はいやになるほど厚い
澄んだ水の奥
きたならしく枯れた
細い葦が幾重にもなり
この星を覆いつくす

水面より上

顔の半分だけをのぞかせた
三白眼の少女が
にらみつける相手
その私はといえば
妙になよなよと座り込んで
突き刺すようにつめたい
膝から下
そして掌が
鰭にでも変わってしまうような錯覚とたたかっている

存在を疑うような記憶
にも起源があるように
馴れ馴れしく語りかける口調にも
性別がある

〈だめだよ、こいつら〉
〈動かないんだ……〉
忘れていたことが
忘れてはいけないことのように
辺りをうろつく
重い靴底が
薄氷を踏みぬく音だけ
私の耳にはきこえてくる

腹肢

I

ほんとうの悪魔は
おためごかしを言わない
かわりに選ばれた人の子は
首から下無数の節をもった脚となり
掻き上げる指を失って
伸び放題の髪でいつも眼がかくれる
そのかたい外骨格の内側は
喘息の風鳴り響くとか

2

たった一人の友人が周りの眼を盗んでは
耳打ちをして知らせてくる噂話にはいつも
滑稽な笑いといっしょにひと匙の
痺れ薬が入っていて
飲み下すことを急かしてくる
きらきらした愛らしい顔の目許の皺が
何百年も生きた老婆のように醜い
おもわず目を伏せて
それでも大事そうに手と手は取り合ったまま
別れ際には平気な顔をしていた分だけ
鉈のような手足がまた不気味に枝分かれを始め
同じ姿勢に耐えられなくなった身体はふらつき
心もとない歩みが

石の床に不規則な傷をつける
様子を見に来た生意気な若い石工との
ぎこちない会話も
父親の鉄格子の記憶といっしょに
地中深く埋めてしまえる夜まで
もとの形に戻りはしない決定的な断裂のあとを
なかったように塞ぐ手つきだけ際限なく巧みになってゆく

遺構

非情な宣告の
ようにみえて
いつも隣にある
挨拶
半日もの間
狂った時計をつけ続けていた
ねじが
外れの穴に当たると
受け口は醜く拡がって

循環を失った機構が
なおも確からしい
運動をやめない
真新しいコンクリートの壁面に
それは果てしない
直線の姿で転写される
あの眩しいまでの
灰色
べったりと押しつけられた手のひらは
どれだけの粉塵で汚されるものだろう
と
想像する午前一時
冷え切った浴槽の中
覚えのないリズムで
動悸し始めた心臓が

浮きのように水面をおよぐと錯覚する
流れには
錆びた鉄パイプが埋まっていて
湿りはしても
あらわれることのない空洞の中にくろぐろと
まだ見ない一日の終わりが吸い込まれてゆく

蛍光灯の朝

空模様の怪しい金曜日
あかるい朝のうちから
オフィスビルは蛍光灯をともして
そのはっきりした光が
よごれた川のおもてに浮かんでいる
鳩が鳴いているのがきこえて
おくれてその姿を川べりに見る
絶え間なくごみや油を浮かべながら
流れていくこのおそろしく汚い川にも

安らぎというものがあって
表を歩く多くの人々と同じように
鳩も平気な顔をしている
わたしは電気もつけない
薄暗い部屋の中でひとり
ぶあつい雲が反射する
たよりない明るさを求め
通り道をふさぐくらい窓際いっぱいに机を寄せて
向かいのビルのガラスに映る蛍光灯をにらんだ
外はもう雨が降りだしている

フィラメント

半透明な紡錘の都市を
亜鉛合金の鰭した魚が泳ぐ
行き場のない暴力は
変拍子の躓きの隙間に隠してしまおう
これから夜がはじまる
ふかみどりの運河にてらてらと
脂ぎった光の塊が浮かび出す
胸いっぱいに隠した音楽
いまは永遠に睡っているが

一人送り返した砂嵐の落し児と
同じ車両に隣り合って
禍いの方だけを絶えず引き受けてくれる
あらゆる絵画がそうして
まだ使われたことのない知覚のため振り向く
絡み合う人の流れを外れ
中二階の高さで捕らえられると
平行になる、すべてが
平行になるそして
目に入るものすべてを呼び覚まそうと
叩いている、はげしく

刃

静かに置かれた机の上の手
あれは偽りを告げる手
誤った名をあたえた対価を
突き返すことによって
復讐すべき時を待っている
力の代わりに振るうべき何かを
真実のほかに探した、その
言葉の外に言葉があり
沈んでゆく

泥沼の中に辛うじてかたちづくられる
岩塊にも似た
内なる疫病のめざめ
己を貫く刃が
いちばん鋭く研がれているとき
滅多刺しにした鏡写しの双子を幻視して
叫び出しそうになる
いかなる水にもあるわずかな濁りを
限りなく増幅して溢れるまでにすれば
地の底から轟くような嘆きが呼び起こされる
その身を削ってなお断ち切れないもののために
歪みつくした姿の
鋸の形に
震えているのではなく
己の意思で選んだ

巨大な洞窟を突風が吹き抜け
強烈な雨がその内側にまで叩きつける
猛威がそこにあることで
交わるはずのない儀式が幾重にも集められ
喉を掻き毟るように出した唸りは
ぬれた壁面をつたって垂れ
金切り声は天井をかすめて割れた
そこにうずくまってさえいれば
根こそぎ奪われたお前は
失った以外の全てを手に入れる
そうでなければここから先
裏切りの旅路になる
互いの背中を指さしては追う
そういった類の業がむき出しの足に刻まれる
願うとおりの宇宙がふたつ

眼前にもあり
通り過ぎた街路の
見知らぬ人の生活の中にもあった
まっぷたつの頭でとらえる視界の
どこにも踏み出す先はないけれど
たった一人の暗闇で息絶えた果てにも
密かに渡されるべきものがあるはずと
命あるうちからむなしく手を開いて横たわる

鎖

砂の季節
獰猛な火が
眩んだ目の横を走る
どんな呪術をもってしても
覆らない　示唆
寓話のくり返しにすぎなかった巡礼の途
飢えてゆきながら
気づく者もある
無邪気な踊りが不用意に

そして密かに
乾ききった土の壁に
ひびを入れる
血の味がする約束がかろうじて
それをひとときの別れにとどめた
という
けれど去ってゆく
あなたが振り返るのをやめて
見失われるままに歩き出すとちょうど
鎖がきれて重りでも落ちるような
音がする
痛みなのか救いなのか
わからないほど微かに

符牒

うろ覚えの符牒
壁を叩いて試すと
蛇口をきつく捻る音が響く
ふいに滑走路の草叢にころがる
悲しみをメッキした声
一つ、そこにも一つ
あなたはそんなにも
悪戯な鼻梁をしていた――
陰惨な試験

いじきたない良心の屍体
奥のみえない渡り廊下
本能の叫びは
切断面の不一致にすべり込み
めざめ方を知らない衝動を
揺り起こして回った
その側から
うつくしく腐食し始める沈黙は
余所見をしない
羨むということをしない
なぜって振り返れば
枯木が噂話の頭をもたげている
朝日の下かれらは蔦まみれで
毛深い木肌がいっそう不気味に晒された

転倒する王国

食虫植物園の中庭
病的に蒼白い給餌係の太腿には
自覚なき暴虐の痕跡が
紅く点を打って記されている
開け放たれたようにみえて
閉ざされているその空間で
逃げ場を探しあぐねた湿り気は立ちこめ
なまぐさい草いきれと合わさって
顔いっぱいに薄紙が張りついて覆われるような息苦しさがある

あらゆる色彩が
ここではまやかしのためにある
規則正しい斑点の
にがにがしい咬傷を皮膚にきざんだ者も
その意味では曼荼羅の一隅によくとけ込んでいる
給餌係がしかめ面で紅い星座の一つを掻いている時
黒い布でめかくしをした同僚が自分の背丈ほどの台車をひいて
巨大な麻袋の山を運び込んでくる
暑苦しさに口を半開きにして
無造作に積み荷を置いて去っていったその後を継いで
給餌係は重い麻袋を中庭の隅の洗い場まで
気怠げにしかし順序よく移動させていく
かさついた手に手袋はめて
すぐさま処置は始められる
麻袋から引きずり出される哀れな客人は

今日の午前の闖入者たち
一人、また一人——
袋から出されても変わらず自由を奪われた
その相貌が露わになる
いい年をしたごろつきもいれば
丸々と肥えた少女もいる
誰もみな平等に
ゴムホースの流水を容赦なく浴びせられ
汚れていようといまいと狂ったように
泥だらけの野菜のようにしつこく洗われていく
かたく罅割れて黒ずんだ古い石鹸をくり返し押し当てられて
一人残らずその皮膚は擦り切れんばかりに赤らんでいった
ぼろ切れ同然になった給餌係の作業衣の袖は
手をはげしく動かすたびに落ち着きなく揺れていたが
そのうち床を流れる水に浸って

不快な重みと共に腕にへばり付いた
ふたたび浴びせられる水、水――
そして次の工程に移るためには
客人たちはまとめて水槽に入らねばならない
給餌係は眉間に皺寄せ歯を食いしばって
一人一人ひきずるように
腰の高さほどの水槽に近づけていき
転がして押し込むようにしながらやっとのことで作業を進めていく
やがてひととおりのことが済むと
両手で抱えるほど大きなボトルを
ためらいなく上下逆さに引っくり返して
水槽に薬液を注ぎ始める
みな虚ろな目で
この異様な沐浴の準備を受け容れる中
たった一人、肉付きのいい少女の目に

数秒だけ宿った生気の光
不運にも痩せっぽちの給餌係の視界の隅に煌めいた
とりかえせないものを
突きつけてくる　その目！
給餌係は手を止めることすらできずに
かたちのない恐怖が腹の底からせり上がってくるのを感じていた
手順通り――すべて手順通り――首尾よく
間違いなく――確かに――
宛先のないレポートが虚しく脳内を駆け巡った
手に持っていた逆さまのボトルが空になると
たまらず作業を放り出して中庭中央の花壇へと駆け登った
別の仕事の途中でそのままにしてあったシャベルを
引っ摑んで無我夢中で土を掘り返し始める
ひとつひとつ確実に
自分もその一部であるところの

まだらで編まれたパッチワークを壊していく
半狂乱の頭で何かを探していた
入り組んだ言葉　舌足らずな自信
浮かんでは消えて手の届かない所へ遠ざかっていった
顔じゅうが汗にまみれて
耳の横をすべった一滴が乱れた作業衣の襟元に落ち
肋骨の浮き出た胸を伝った
何がいけないのか　なんて
どうしようもないことは考えなかった、きっと
何もかもいけなかったのだから
花壇の土にくり返しシャベルを突き立てていると
不愉快な音とともに二、三個の小石を掘り当てた
拾い上げて除けようとしたその刹那
一匹のヤスデが手袋の上を這った
この庭でさして珍しくもない邂逅に

給餌係は腰を抜かして尻餅をついた
ずきずきする痛みを遠くに感じながら
しばらく呆然と何もない穴の底を見つめ続ける
そのうちはたと気づいて中庭の端
水槽の方を見やってみたが
目のわるい給餌係は
果たして誰がどちらを向いているのか判断もつかなかった

相剋の肖像

I

おそるべき饗宴の席
いま礼儀正しく
負けは支払われる
固く結んだ唇の代わりに
右脇腹から肉欲が喚く
リリアン
手続きのふりをした
儀式は終わったか

2

囚われの男が罰として札をきる
銀行家は貧乏ゆすりをし
錠前屋は手をきめるのが遅い
ろくでなし同士いかさまをかけ合い
乾いた部屋の中
蜘蛛の女王のせせら笑いが鳴る
床にひろがる惨劇に対しては
かれらは常に潔白である
リリアン
おまえだけ罪を隠すが如く
きまった手番に反則をして
勝者の無いままいつまでも余興が繰り返される

3

その名を呼ぶと振り返るのは
おまえのもう一つの顔
腫れと爛れと膿に赤らみ
疼く血肉の花
ぱっくりと口を開け
そのくせ咽喉には良識を詰まらせて
消え入るような声しか出ない顔!
その名が呼ばれて真っ先に
答えるべきおまえの方は
なぜすました顔をして座っているのか
なぜ敗北をそんなにも
誇らしげに抱えているのか

4

葬列を眺めている
やがて虚ろな夜を迎える街にも
昼日中から銅版画の星が
ひとびとの足元に刻まれている
リリアンおまえは
かれらの列を追うがいい
弔うべき相手のいない印に
いつまでも数をかぞえるがいい
いずれトーク帽の踊り子が現れ
おまえの目前に裸足で立ちつくす
おまえよりももっと強情に
過ぎ去った葬列から目を離すまいとして

5

リリアン
棄てられた時代の子ども
おまえはついに関心をもたれない
ひとは皆話したいことを話し
おまえについて審判を下すべき時に
地獄の渡守さえ口を閉ざす
路地裏に聳える大病院の窓から
解剖学者がこちらを見下ろす
赤茶色のタイルが街灯をはね返して
ぬらぬらと光っているときいつも
壁の傷痕は
耐え切れない沈黙に飢えている

彫刻

世界は巨大な病室にちがいないと
女はおもうようになり
持てる衣装のすべてを
吹き抜けに投げ込んで燃やした
まもられていない恐怖が
足を竦ませるのも
あまりに身軽なのも、時には
凝視すべき行き止まりの壁
忘れたふりをして

時刻を訊く午後
無為な生活の名残に
証明の欠格が佇み
なんの痛みもない脚を曳いて
じきに追いつく
いわば
歴史にさからう怠惰それらが
街をのみこむ前に
女は
彫刻になることを夢みた

被膜

私が機械であった頃の記憶
意味のあることは終わりを迎え
メトロノームだけが鳴るようになった世界
展示室のように思えるのは
直線が支配しているという点においてだけ
壁と床以外
形あるものはすべて朽ちてしまった
図形としてだけ端正な
私たちの棲家

黴まみれ埃まみれで腐臭に満ちている
私たちに老いはなく
摩耗と遅延だけがあった
自律しないアルゴリズムは
積み重なった行き違いがどうしようもない所まできたとき
痙攣するように
振り出しに戻ることに決めていた
私たちの耳に感情としてきこえてくるのは
電子音よりもむしろ
その予期しない数秒の沈黙の方だった
替えの部品がないので
隻眼に甘んじていた私
それでも私は私が美しいと思える
いくつかの習慣を守るようにしていた
そういう寓話がかつてあったように

メモリを使わなくても
都合のよい幻聴に私たちは出会うことができた
剝き出しの配線もそのうち
さほど憎らしく思わなくなる
眠りにつくまねごとも少しはさまになった頃
頻繁な例外処理の累積が
悲しみの形状に近似して
油ぎった埃を浮かべた私たちの水槽は
計算にふくまれることができなくなる
(気にするなよ、　おまえは美しいほうだ)
(臭いさえ気にしなけりゃ)
夢をみている
石畳の夢
あるいは馬を駆る夢
あるいは

膝ほどの高さの茂みに足を竦ませる夢

鋏

記憶のないことを喜ぶ
来るべき時のために
何ら書き留めることのない空白に
安堵する夢を見る

誰も来ない丘
植え込みに囲われて
季節外れのバラだけ惨めに咲いた
嘘のように人影は消え

あなたが女王であることについて
気づいた最初の人間でありたかった、　私が

偽の記憶に置き換えた鐘の音がきこえたなら
回転木馬に乗り込み
わずかな風の力にたなびいて
はためいた身体ごと
ちぎれてしまえばいい
一番のろまな奴の脚に
爆弾をくくり付けてから
おれは一足先に行く

夜空
それは懲罰房の壁
苦しみをきざみつける場所のなくなる時ついに

めくれて火を噴く壁
（空白に書き留めるべき記憶のない時は）
（隙間風でしらせる）

斑

抜けるような青い空には
磔にされて息絶えた
時間の標本が留められている
枝打ちを終え
裸に剝かれたヒノキの幹は光り
日のあたらない葉は
平たく塗り潰された隈となっている
寄せ植えの端に
ヒメアカタテハが止まった

ゆらゆらと小さな開閉をくり返す
左翅の後ろは破れて欠けていた
黒の斑
その無数の眼にじっと囚われて
しゃがみ込んだままの恋人が言う
（飛んでるものが苦手だから）
（慣れようと思って）
眺めている　その翅を除いて
固まったままの空
固まったままの影
つらぬかれた時間の標本

蔦の城

壜詰の歩廊
宙に浮く
精巧な猜疑の模造
病んだ兵士が足音をたて
悪態をつきながら歩き回る
果てのない旅路が呼んでいる
おまえの声で
呼んでいる
おまえの盲目の明日を

節くれだった手に
ほつれた布切れの端をなびかせて
外階段の上
鳥籠から見るような景色を横目に
置き去りにしてきた呼び声の
ひとつが、棒立ちになりながら
狭い窓からの眺めに重なって消えない
二重うつしの記憶の中
ビル街の一角から薄明かりが漏れる
灰色に覆われ
予兆を抱きわすれた繭が
暗がりの中に一つだけ照明を持っていて
強烈な光が鉛直方向に放たれる
悪趣味な舞台装置
人ひとりが収められた扁平なガラスケースを

まばらな人だかりが取り囲む
顔もない、交わされる
言葉もない
行き違う視線もないかれらの
停止された時間
引き延ばされた演目の終わりに
ガラスケースには真水が満ちて、やがて
すべてを巻き込んで溢れる
とめどない濁流の底
かりそめの生命をかたちづくった
瓦礫が還る場所を知らないまま埋まっている
（教えてやろう）
あるはずのない起源を辿る道のりを
あの顔のない観客がいつまでも追ってくる
くすんだ白の柱

場違いなほど巨大な脚が二本、三本と
茂みを踏みつけて佇んでいる
見上げた視界のほとんどを
高架橋の裏側が覆い
ぱっくりと開けられた車線どうしの広い隙間は
ネット越しに憂鬱な空模様をうつした
頭上を行き過ぎる轟音があり
足元を行き過ぎる激流があり
それらを拒むことはしない
木立があり
木々の間を水びたしの橋が架かった
ぬかるみの上を気まぐれに階段が這い
谷底に向かって空中で途切れた
互いを蝕み合って置き換わるようにと
太古の祭礼は未完のままにある

流れに沿って抉られた石は
人柱の唇の形に浮きあがった
その天罰に爛れた頬から
全身を覆うほどの蔦が垂れ下がり
全く似つかない双子の片割れの
黒く縮れた長髪を思わせた
深緑の小さな葉が鱗のように肌を覆って
身をよじっても逃れることはかなわない
憎き生き残りの幻影！
無限に増殖して根を張る相容れない生命の陰で
諦念に引き攣ってもう明くことのない眼の端を
いつか指先で書き捨てた
不注意な呼び名の残りが漂う
それを抜け目ないおまえの片割れの左手は捕まえて
おまえでは遠く届かなかった争いの続きをする

存在すべきでなかった倫理の姿を
打ち込まれる正確きわまりない操作の一つ一つが明らかにするとき
無秩序な飛石の間から
ふたたび動き始める時間が今度は
爆ぜる
罎詰の中身といっしょに
破片となって降り注ぐ
それが肩にかかろうとも
靴の先を汚そうとも
振り払いもしないで去る足取りの後ろ
オレンジの街灯がひと気のない路面を照らしている

預言

閉め忘れた錠をかけに戻る
夜道に煙草の匂いがする
霧雨はにわかに粒を大きくし
責めるように足元を叩く
背中を刺す物憂げな色の街灯の光は
影は影の中に隠してしまおうという
傾いた遺跡の最後の慈悲
その古びた音楽の輝きが
風にまかれた雨の一滴となって

唇の端にかかるような予感がするとき
ちょうど雲が切れる

神殿

ためらいがちな足の運びに
切り刻まれたような音楽のきこえる夜は
制帽の子どもたちさえ迷信の使者に見える
駒が倒され尽くして乱れた盤上で
場違いな姿のオブジェだけが
嘲りにも似た輝きを放って立つ
その相貌は伝承に描かれるのと全く同じ
平たい頬骨から顎にかけて
切り立つように冷たい輪郭をした
虚ろな巡礼者の視線ばかり

乗り移った彫像を通じて
一つの文明の成れの果てを透かし見る
年端もいかず背の低い女帝の足許に
最後の従者がうやうやしく平伏する
失われたものしか持たないかれらに
もう打算のようなものはなく
真理を言いあてる幼い声の記録を
信仰の代わりに抱くしかなかった
退路もなく未来もないそれゆえに
どこまでも美しく誠実に満ちた営みから
何も生み出されることはなく
蠟細工の指先から白く曇って閉じる
薄暗い思索の海を潜る一掻きは
モルタルに沈められたように重く
まやかしの神の一手を囁く声の方が大きい

鏡の底

創造の神の顕現のとき
そこには
みじめにうずくまった
測量士の姿があるだろう
みしらぬ道の口寄せに選ばれて
ついには惑った、帰途
花を踏んだ
水気をふくむ精緻
かたちを失くす最後の呻きをあげるとつられて

異国の小間使いが取り乱す
不自然な鏡の底
ぬるさが残っている　まだ
「ちがうんです
　ちがうんです……」
傍聴は席を外した
床のタイルの幾何学模様が
これより先の口上をきく
命じられるまでもない
盲従の証に
今以て峠に立ち
おしろいばなの名を忘れたままでいる

虜囚

失われた建築がもはや
憎しみの形をしているとき
順序よく擦り切れた精神は
それ以上言葉を継いではいけないことを知る
真鍮の棺に収められた
病そのものは麗しく
孵化の蠢きは見るにたえない
何もかも忘れたように透明な
痛みは剝がれて

翔び立つ
古い回転木馬の上から

錆

友情がまだ
あずかり知らぬところでつくられていた頃
ただ手渡されるものだった頃
あの上品な照れ笑いを
今は自在にできる代わりに

質量というものはかんたんに
わからなくなる

いちど諦めをもってしまった
瞳の中
朝焼けを背に
鱗雲はゆく
立ち止まってみて、はじめて
テーブルクロスが引かれる
たわいもない花の飾られた
たわいもない食卓
たわいもない不和

暗渠
それそのものに悲しみはなく
覆いかぶさった息苦しさに
ふと目を逸らしてしまうだけのこと

黒い川

遊歩道の夜
川面は硯のような黒に覆われ
そう深くない流れが底なしのように口を噤んだ
身体を駆けめぐる苦み
喉の下まで詰まらせた重みが
こんなに美しい色ならよかった
貝のはらわたと同じ
じくじくした緑でなければよかった
はりつめた冷たさの中

時折混じるなまぐさい水のにおいが
いつまでも後をついてきていた

声

一昨日の大雨が山を下って
斜面をながれてゆく
そこかしこの流れに注いでは大きな音で
草木のざわめきさえ掻き消している
緑道の途切れたところから
気が滅入るような一本道が始まり
遠くへ来すぎた、と思ったあたり
引き返したい私に手を貸すように
大通りが姿をみせる

姿のみえない誰かの
歩き煙草がふと鼻をつく
空は翳り
風はにわかに冷たく強く
嫌な予感がした私は足早になる
錆びた屋根のたくさん並んだ
車両基地の横を過ぎて
何度か左腕に冷たいものがあたったのは
思い過ごしであったと、後になってわかる

記憶の底に沈んだ澱から
何を取り出してみても
心のどこにも収めるべき場所のないことは
わかりきっている
あてもなく探しに来て

ついに見つからない数珠玉の実のひとつも
思うように声をあげられない喉に埋め込むしかない

やがて私は言葉をもたなくなるだろう
その時、およそ私にかかわりなく語られたことの全てを
私は詩と呼ぶようになるだろう
ものものしく空の箱を開けては覗き
道端で拾い集めた憂鬱を詰めて
そういう怯えた歩みから
私は自由になるのだろう

いいい
桑の実は食べられるんだと言いながら
もう黒くなり始めた桜の実を摘んで食べる老人がいて
奥さんらしい人が
おいしい？　おいしい？　と

二度三度しつこく尋ね続ける
その声が遠ざかってゆく

女神（贋作）

どぶ板の陰にしか
姿をみせない宝石があるとして
人々はとっくにそれを見逃したまま
代わりに路地裏の植え込みや
ぬれたアスファルトに同じ名前を託した後だった
それを取り戻す闘いのために幽閉された
誰でもいい、たとえばシンシア
結び目をつくるのにいつも手間取る
琥珀の中の羽虫を模して

ガラスが固まるのといっしょに時を止められた
その目はあいているか、瞑っているか
結局ひとりよがりに
結末はきめるしかない
遠くの会話　身振りだけが見えて
何が解決したのか
何が解決されずに残ったか
去った者の後ろ姿から何もわからないのと同じこと
注意深く皮膚の下に手を辷らせると
さぐりあてる破片の断面にぬり込められた
恐れ
おまえのか細い喉を通ると
そんなにもやわらかく乱反射する
そして呼び止められたまがい物の女神は
不規則な星々をきらって

目がさめるような灯りを一つの欠けもなく整然と並べた
冷たい微笑みに代わって
無数の白い光が巨大な四角形をなし
通りを見張っている
怒りに任せた早足も
疲れを隠さない重い靴音も
およそ規則正しい歩みなら呼び起こしてしまう終末が
数枚の硬貨の受け渡しのように訪れ
その後血みどろの肉体と歩まなくてはならない
長い道のりのことを思う
いっそこの上なくおぞましい災禍が
この世には産み落とされていい
良識がある代わりに信仰に欠けて
正体の分からない内なる声の
言う通りになることにかけてはほとんどためらいがなく

忘れ去られてゆくものを
好んでなぐさみにする
そういう罪のない姿の怪物
おまえの誕生を祝いそして憎むようにして
いくつもの山桃の実が落ちては踏まれ
惨めな生贄のために涙を流せば
偽善だとさけぶ大勢の者によって
裁きのため引きずり出された議場におまえの席がない
宿命の果てに
崖にそのまま梯子を立てたと見紛う
狂ったように急な階段を
追い立てられて登れ
おまえはもう花の匂いを覚えてもいないし
なぜわざわざ光の粒をその身に埋めなくてはいけなかったか
記憶の中にさえ探ろうとしない

大島静流　おおしま・しずる
一九九七年生。第一詩集に『飛石の上』（七月堂）。

蔦《つた》の城《しろ》　lux《ルクス》 poetica《ポエティカ》④

著者
大島静流《おおしましずる》

発行者
小田啓之

発行所
株式会社思潮社
〒一六二－〇八四二　東京都新宿区市谷砂土原町三－十五
電話〇三（五八〇五）七五〇一（営業）
〇三（三二六七）八一四一（編集）

印刷・製本
創栄図書印刷株式会社

発行日
二〇二三年十一月三十日　第一刷　二〇二三年十二月三十一日　第二刷